Ingel Addae
A luta entre o bem e o mal

Editora Appris Ltda.
1.ª Edição - Copyright© 2023 do autor
Direitos de Edição Reservados à Editora Appris Ltda.

Nenhuma parte desta obra poderá ser utilizada indevidamente, sem estar de acordo com a Lei nº 9.610/98. Se incorreções forem encontradas, serão de exclusiva responsabilidade de seus organizadores. Foi realizado o Depósito Legal na Fundação Biblioteca Nacional, de acordo com as Leis nos 10.994, de 14/12/2004, e 12.192, de 14/01/2010.

Catalogação na Fonte
Elaborado por: Josefina A. S. Guedes
Bibliotecária CRB 9/870

R482i
2023
	Ribas, Mauricio
	   Ingel Addae : a luta entre o bem e o mal / Mauricio Ribas. – 1. ed. –
	Curitiba: Appris, 2023.
	   79 p. ; 21 cm.
	
	   ISBN 978-65-250-4919-9
	
	   1. Ficção brasileira. 2. Addae, Ingel. I. Título.
	
	                                                     CDD – B869.3

Editora e Livraria Appris Ltda.
Av. Manoel Ribas, 2265 – Mercês
Curitiba/PR – CEP: 80810-002
Tel. (41) 3156 - 4731
www.editoraappris.com.br

Printed in Brazil
Impresso no Brasil

Mauricio Ribas

Ingel Addae
A luta entre o bem e o mal

FICHA TÉCNICA

EDITORIAL
Augusto Vidal de Andrade Coelho
Sara C. de Andrade Coelho

COMITÊ EDITORIAL
Marli Caetano
Andréa Barbosa Gouveia (UFPR)
Jacques de Lima Ferreira (UP)
Marilda Aparecida Behrens (PUCPR)
Ana El Achkar (UNIVERSO/RJ)
Conrado Moreira Mendes (PUC-MG)
Eliete Correia dos Santos (UEPB)
Fabiano Santos (UERJ/IESP)
Francinete Fernandes de Sousa (UEPB)
Francisco Carlos Duarte (PUCPR)
Francisco de Assis (Fiam-Faam, SP, Brasil)
Juliana Reichert Assunção Tonelli (UEL)
Maria Aparecida Barbosa (USP)
Maria Helena Zamora (PUC-Rio)
Maria Margarida de Andrade (Umack)
Roque Ismael da Costa Güllich (UFFS)
Toni Reis (UFPR)
Valdomiro de Oliveira (UFPR)
Valério Brusamolin (IFPR)

SUPERVISOR DA PRODUÇÃO
Renata Cristina Lopes Miccelli

PRODUÇÃO EDITORIAL
Bruna Holmen

REVISÃO
Pâmela Isabel Oliveira

DIAGRAMAÇÃO
Renata C. L. Miccelli

CAPA
João Vitor Oliveira

ILUSTRAÇÃO
Lilo Santetti

Dedico este livro, em primeiro lugar, ao Pai de amor, o Criador de todas as coisas!

Dedico este livro a meus pais, Ivan e Marli, que guiaram meus primeiros passos na vida e me ensinaram sobre o amor.

Dedico a meus filhos, netos e bisnetas, que representam uma grande prova do amor de Deus.

Dedico à minha mulher, Piret Victoria Tiitus Ribas, pelo amor e pela paciência.

E por último, mas não menos importante, dedico este livro a todas as crianças do mundo e em especial àquele que o inspirou, que aqui chamarei de Ingel Addae, por quem sempre terei amor e respeito enquanto viver e depois.

APRESENTAÇÃO

Preferencialmente este livro deve ser lido em conjunto por pais e filhos

Este livro é dedicado a todas as crianças do mundo, mas especialmente aquelas que sofrem qualquer tipo de violação a qualquer um dos direitos fundamentais, além de qualquer forma de negligência, discriminação ou exploração, crueldade, opressão e desamor. Não é sem razão que o art. 227 da CF brasileira estatui que é dever da família, da sociedade e do Estado assegurar à criança, ao adolescente e ao jovem com absoluta prioridade direito à vida, à saúde, à alimentação, à educação, ao lazer, à profissionalização, à cultura, à dignidade, ao respeito, à liberdade e a convivência familiar e comunitária, além de colocá-los a salvo de toda forma de negligência, discriminação, exploração, violência, crueldade e opressão.

Da mesma forma, o art. 4º do ECA (Estatuto da Criança e do Adolescente) afirma que é dever da família, comunidade, da sociedade em geral e do Poder Público assegurar, com absoluta prioridade, a efetivação dos direitos referentes à vida, à saúde, à alimentação, à educação, ao esporte, ao lazer, à profissionalização, à cultura, à dignidade, ao respeito, à liberdade e à convivência familiar e comunitária.

Apesar desses dispositivos legais contundentes, dolorosamente a lei não tem sido cumprida. Infelizmente, no Brasil, os organismos criminosos utilizam-se de menores para determinadas práticas delitivas, como tráfico de drogas, assaltos, entre outros, assim como no resto do mundo, usando os pequeninos impiedosamente no crime, em guerras, prostituição e trabalhos escravos ou desumanos. Precisamos urgentemente pôr a salvo as crianças brasileiras e as crianças em todo o mundo que sofrem com essa crueldade.

A Convenção sobre os Direitos da Criança adotada pela Assembleia Geral das Nações Unidas em 20 de novembro de 1989, reconhecendo que a criança, para o desenvolvimento harmonioso da sua personalidade, deve crescer num ambiente familiar, em clima de felicidade, amor e compreensão, precisa ser seguida por toda a humanidade, considerando que importa preparar plenamente a criança para viver uma vida individual na sociedade e ser educada no espírito dos ideais proclamados na Carta das Nações Unidas e, em particular, num espírito de paz, dignidade, tolerância, liberdade e solidariedade.

Deve-se ter em mente que "a prioridade consiste no reconhecimento de que a criança e o adolescente são o futuro da sociedade e por isso, devem ser tratadas com absoluta preferência"[1]. Devemos entender que a criança e o adolescente deverão estar em primeiro lugar na escala de preocupações dos governantes, devemos entender que, em primeiro, devem ser atendidas todas as necessidades das crianças e adolescentes, pois "o maior patrimônio de uma nação é seu povo, e o maior patrimônio do povo são suas crianças e jovens"[2]. Caso contrário, negaremos ao mundo a oportunidade de transformação necessária e urgente através do respeito e amor dedicado as novas gerações desde o primeiro momento que é a infância.

Tendo presente que a necessidade de garantir uma proteção especial à criança foi enunciada pela Declaração de Genebra de 1924 sobre os Direitos da Criança e pela Declaração dos Direitos da Criança adotada pelas Nações Unidas em 1959, e foi reconhecida pela Declaração Universal dos Direitos do Homem, pelo Pacto Internacional sobre os Direitos Civis e Políticos (nomeadamente nos artigos 23.º e 24.º), pelo Pacto Internacional sobre os Direitos Econômicos, Sociais e Culturais (nomeadamente o artigo 10) e pelos estatutos e instrumentos pertinentes das agências especializadas e organizações internacionais que se dedicam ao bem-estar da criança, precisamos agir sem demora, conclamando o mundo todo a esse grande mister.

Esta obra é uma obra de ficção, baseada em fatos reais. Ela usa da ficção para falar sobre a realidade e tocar os corações através de símbolos e metáforas, sendo que essas histórias foram contadas pelo autor para Ingel Addae. Ele e Michel são pessoas de verdade que conviveram e ensinaram-se mutuamente muito sobre o amor verdadeiro, uma paternidade substitutiva, que trouxe à

---

[1] DEZEM; FULEM; MARTINS, 2013, p. 32.
[2] Liberati, 2010, p. 18

tona uma relação única que ensinou, tanto a um quanto a outro, uma lição maravilhosa, aquela que mostra que o amor pode existir independentemente de laços sanguíneos e convergência cultural ou qualquer outra barreira. Os acontecimentos fantasiosos nada mais são de que um instrumento de comunicação utilizado pelo autor para comunicar-se com o protagonista da história. Aquela-Mulher existe, ela é o crime organizado que alicia e destrói milhões de vidas de crianças e adolescentes no mundo. Ela é a violência, as drogas que ceifam vidas, a miséria que corrompe e desmotiva. Ela é a prostituição, o trabalho forçado ou escravo. Ela é o mal personificado, contra o qual todos devemos lutar. Hoje em dia, a ONU estima que crianças-soldados lutaram em 18 conflitos desde 2016. Cerca de 19 mil crianças estão envolvidas em conflitos apenas no Sudão do Sul. Imagina-se que sejam centenas de milhares em todo mundo, incluindo meninos e meninas. No Brasil, é uma realidade que afeta milhares de crianças e jovens a serviço do narcotráfico, inclusive na capital do país, no quintal dos Três Poderes da República. Quem deveria manusear livros e brinquedos tem em punho armas de fogo e carrega na mochila porções de entorpecentes para negociar com consumidores. Trata-se de um mercado no qual é preciso bater metas, respeitar hierarquias, cumprir longas jornadas e correr iminente risco de morte.[3]

Que com este livro eu possa tocar corações e mentes. E mais do que isso, possa motivar aqueles a quem compete agir e aqueles a quem não compete debater soluções que deverão passar, especialmente em países desiguais como o Brasil, por uma educação libertária e transformadora.

O autor

---

[3] https://educaemcasa.petropolis.rj.gov.br/uploads/bibliotecas/o-livro-que-queria-ser-brinquedo-9-pdf.pdf

SUMÁRIO

CAPÍTULO I
O DIA EM QUE TUDO COMEÇOU...........13

CAPÍTULO II
DIAS DIFÍCEIS...........16

CAPÍTULO III
A VISÃO ATERRADORA DAQUELA-MULHER...........18

CAPÍTULO IV
A VERDADE SOBRE AQUELA-MULHER...........21

CAPÍTULO V
ENFIM UM ELO HAVIA SIDO CRIADO...........23

CAPÍTULO VI
AQUELA-MULHER FALA SOBRE SEUS PLANOS...........26

CAPÍTULO VII
ENFIM A AMIZADE INICIARA...........28

CAPÍTULO VIII
O BILHETE E O CONVITE RECUSADO...........30

CAPÍTULO IX
A ALEGRIA DE COMPARTILHAR A AMIZADE...........32

CAPÍTULO X
O DESAGRADÁVEL ENCONTRO NA FLORESTA...........35

CAPÍTULO XI
O AMOR É UMA ARMA FORTE...........38

CAPÍTULO XII
A TRISTEZA DE SENTIR-SE ABANDONADO NOVAMENTE......40

CAPÍTULO XIII
A DECEPÇÃO ATINGIU O CORAÇÃO DE INGEL..................42

CAPÍTULO XIV
ENFIM A OPORTUNIDADE ESPERADA PELO MAL..................44

CAPÍTULO XV
AQUELA-MULHER PLANEJA ACABAR COM MICHEL E MOSES...47

CAPÍTULO XVI
A VERDADE COMO INSTRUMENTO...49

CAPÍTULO XVII
INGEL VAI AO ENCONTRO DE SUA HISTÓRIA..............................52

CAPÍTULO XVIII
ENFIM A PORTA DAS REVELAÇÕES..55

CAPÍTULO XIX
AQUELA-MULHER DÁ O VENENO A MICHEL...............................60

CAPÍTULO XX
MICHEL ENTRE A VIDA E A MORTE..63

CAPÍTULO XXI
MOSES RESOLVE AGIR PARA SALVAR MICHEL...........................65

CAPÍTULO XXII
INGEL VAGA SEM RUMO PELA FLORESTA....................................68

CAPÍTULO XXIII
FINALMENTE A LUTA ENTRE O BEM E O MAL.............................72

O inverno havia chegado cedo naquele ano e com ele a escuridão. Aquela manhã estava especialmente fria em Tallinn. Ingel foi despertado bem cedo, como de costume, para ir à escola. Porém, naquela manhã gelada e escura, algo novo e inesperado aconteceria. Elizabeth não poderia levar Ingel à escola, como fazia todas as manhãs. Quem teria de levá-lo seria Michel. Ingel detestou a ideia, pois ainda não tivera tempo para conhecer Michel e confiava apenas em Elizabeth.

Michel Alves era um homem maduro de meia idade, tinha olhos tristes, entroncado, não muito alto, costumava ser engraçado quando queria, tinha uma personalidade forte, era brasileiro e havia conhecido Elizabeth Mägi na Itália. Conheceram-se, apaixonaram-se e casaram havia alguns anos. Viviam na Estônia, em Tallinn, na rua Puhekekodu, 8, Pirita.

— Ingel — disse Elizabeth —, hoje não poderei levá-lo à escola. Estou atrasada, mas Michel terá muito prazer em levar você. Lembre-se: somos uma família, e Michel é como seu pai.

— Elizabeth, quero que você me leve, não o Michel — redarguiu Ingel, já enfurecido. Ingel não precisava de muito para enfurecer-se.

— Infelizmente não será possível, meu querido. Adeus. Nos vemos à tarde — disse ao mesmo tempo que bateu a porta e correu para o carro e se foi apressada. Elizabeth era professora. Nascera e se criara na Estônia. Era mais jovem que Michel. Era alta e esguia e viveu anos muitos difíceis durante o período em que a Estônia fizera parte da União Soviética até 1991. Perdera a mãe e o pai bem cedo. Era idealista como Michel, tinha um coração enorme, além de lindos e grandes olhos azuis.

Ingel começou a chorar e recusou-se a colocar o casaco de neve quando Michel pediu para que ele o colocasse. Foi uma verdadeira luta: Michel puxava daqui, Ingel puxava de lá; Ingel resistia, Michel teimava; Ingel resistiu o quanto pode, até que Michel finalmente vestiu-lhe o agasalho.

Michel colocou Ingel para fora de casa, mas não sem antes e outra vez uma dura resistência: Michel empurrava daqui e Ingel empurrava de lá. Michel o fez da melhor maneira possível. Ingel lutava feito um pequeno Leão. Ingel Addae era um menino bastante decidido e valente, não se entregava fácil. Apesar da pouca idade, a vida o ensinara a se proteger, a ser desconfiado e muito, mas muito, teimoso. Michel costumava compará-lo ao Mogli, do filme *Mogli – o menino lobo*. Ingel merecia a comparação.

Ao saírem de casa, de pronto puderam sentir o clima invernal da Estônia. O vento gélido e forte os acoitava. A neve também começara a cair, ainda que levemente. O amanhecer dava seus primeiros sinais, mas ainda estava bastante escuro, o que tornava tudo mais ameaçador. E Ingel sentia medo e raiva, muita raiva; sentia-se magoado e traído por Elizabeth.

Já havia nevado bastante durante a noite, o que tornava mais difícil se locomoverem. Mesmo assim, partiram para a escola. Naquele frio quase polar, Ingel chorando alto e Michel chateado em virtude daquela situação. Embora com pouco tempo juntos, Michel começara a se afeiçoar a Ingel e o queria muito bem. Sentia-se triste e frustrado porque Ingel não retribuía o seu carinho.

Aqueles dias não transcorriam de forma fácil. Ingel e seus irmãos foram recebidos, há algum tempo, por Michel e Elizabeth em seu lar, na modalidade de lar substitutivo, aquela em que crianças que não possuem uma família estável são colocadas até que possam voltar para elas novamente equilibradas, ou ser adotadas quando isso não é possível.

As crianças chegaram, cada qual com seus problemas e carências, fruto de uma infância sofrida. Ingel trouxe consigo a sua dor e uma revolta típica das crianças que foram submetidas a maus-tratos, problemas familiares e violência doméstica, tão comuns em nossos dias, mas o que mais o magoara era a ausência materna, a qual ele não entendia e não aceitava. Ingel era arrojado, tinha determinação, possuía grandes olhos negros. Alto para sua idade. Tinha uma feição de garoto esperto e curioso, e ele o era. Tinha uma inteligência privilegiada. Era capaz de falar de forma fluente o estoniano e o inglês, idiomas trazidos de casa. Gostava de dizer que falava o russo, mas se tratava de uma brincadeira.

Ingel carecia de muito amor e paciência, e isso era certo. Michel sabia que era necessário merecer a sua confiança. Michel intuía que precisaria criar uma conexão forte com Ingel, e pelas dificuldades sentidas até aquele momento, teria de ser algo mágico, quase um milagre, que mal sabiam Ingel e Michel que estava para acontecer.

Naquela caminhada até a escola, Michel se perdera em pensamentos, enquanto Ingel não parava de chorar. Michel segurava aquela mão tão pequenina e frágil em comparação com a sua. Sentia ternura e tinha muitas dúvidas de como seria aquela relação.

No trajeto para a escola, Michel resolveu tomar um atalho. Estavam não sem razão atrasados. Michel detestava se atrasar. Ele não tinha feito aquele caminho antes. Eles iriam passar bem próximos à floresta. Michel fora algumas vezes com Elizabeth levar Ingel à escola e tinham ido sempre de carro.

Qual não foi a surpresa ao tomarem o atalho escolhido, um quilômetro adiante, mais ou menos, e avistaram uma casa aterrorizante que parecia um velho castelo abandonado. E justo naquele momento ouviram um uivo horripilante. Ficaram arrepiados. Parecia um lobo, mas um lobo em plena Tallinn não era lógico, pensou Michel. O uivo era capaz de fazer gelar o mais intrépido coração. Ingel apertou a mão de Michel e parou de chorar e fixou seus olhos no Mausoléu, de onde parecia vir o uivo. Em alguns passos, passariam em frente daquela casa imensa e horrorosa. O coração de Ingel batia ligeiro. Ele foi tomado por aquela atmosfera. Eles foram tomados de uma forma mágica pela atmosfera reinante naquele momento. Era como se eles estivessem em uma outra dimensão. Tudo parecia diferente: o caminho, as árvores da floresta que margeavam aquele atalho; enfim, tudo. Estariam enfeitiçados? Ambos, a um só tempo, olharam para dentro da casa e avistaram uma figura horrenda, junto à janela. A figura de uma mulher, de olhos vermelhos, nariz grande, com uma verruga enorme na ponta, rosto encovado e queixo pronunciado. Tinha um capuz na cabeça era o que se podia ver, aqueles olhos que os fitavam de forma ameaçadora chamavam especialmente atenção, pois eram aterrorizantes, frios, gélidos e agressivos.

— Ingel — disse Michel —, não olhe para ela. Sigamos em frente e rápido.

— Michel, quem é aquela mulher? Você a conhece? É a mulher mais feia que eu já vi! Quem é ela?

— Ingel, não fale. Apenas caminhe. Ela é Aquela-Mulher!

Ingel não estava entendendo nada. Estava tomado de um horror peculiar. Michel também não explicara nada, apenas pediu para seguirem sem falar. Nisso uma risada estridente e espalhafatosa no ar foi ouvida! Hihihihihi! Hihihihihi! Hahahaha! A mesma risada os acompanhou até perto da escola. Parecia que vinha da floresta, do alto das árvores, das copas. Ingel pensou: mas como seria possível? Ela voava? Havia muita coisa a ser explicada, e quem deveria explicar era Michel.

Chegaram à escola finalmente e as risadas cessaram. Ingel disse a Michel que queria que ele fosse buscá-lo na escola no final da tarde. Isso surpreendeu Michel, que se sentiu feliz com o pedido, e Ingel concluiu dizendo que queria saber mais sobre Aquela-Mulher. Então Michel prometeu contar a ele, mas pediu segredo. Aquele seria um segredo deles. Ninguém mais deveria saber.

Em seu retorno para casa, Michel passou a recordar como Ingel e seus irmãos tinham entrado em seu mundo e como tudo aquilo havia mudado sua vida e a de Elizabeth. Crianças em situação de risco, como eles, são sempre extremamente sensíveis e precisam ser especialmente cuidadas. Comportamentos como raiva excessiva, agressividade, carência afetiva, negação em relação às necessidades básicas como boa alimentação, banho e cuidados pessoais, relações familiares saudáveis e respeitosas são comuns. Ingel e seus irmãos apresentavam todos esses comportamentos.

Michel também pensou em como contaria a Ingel sobre Aquela--Mulher, cujo nome não pronunciava. Ela retornara. Ela fazia parte de sua infância e agora reaparecia. Seu objetivo era Ingel. Michel precisava agir com bastante rapidez e proteger o garoto. Ele também sabia que essa era uma oportunidade para fazer com que Ingel compreendesse muitas coisas que não compreendera ainda. Não se tratava de conhecimento propriamente dito, mas de sentimentos, além de outras coisas que aprendera de forma errada, coisas que iriam certamente transtornar a sua vida, como aquelas que influenciam a vida da grande maioria de crianças que passaram pelo que Ingel passou nos seus anos de vida. Michel sabia que o abandono, pelo qual Ingel passara, era o mesmo que presenciou quando criança, entre seus colegas de escola e vizinhos que sofreram as consequências do abandono intelectual, moral, afetivo e perderam-se na vida. Nas favelas brasileiras ou em grandes bolsões de miséria, ela, Aquela-Mulher, encontra suas vítimas, mas não só lá. Também encontra em casas ricas e em famílias pomposas, que ignoram que o amor e a educação valem mais que objetos que são utilizados por pais desavisados para comprar seus filhos, ao invés de ganhar o seu afeto. Pais perdem seus filhos em casa. Não os encontram. Mas por ora Michel trataria de pensar em uma forma de contar tudo a Ingel, sem traumatizá-lo.

As atividades do dia consumiram as horas, e o anoitecer chegou rapidamente às 15 horas, como costumava ser nessa época do ano. A Estônia inteira ficava imersa em uma escuridão quebrada pelas luzes da cidade, ou da lua, que refletiam o branco da neve, provocando um efeito de luzes incrível, que Michel especialmente amava. Conforme combinado Michel foi buscar Ingel na escola às 17 horas, eles teriam tempo de conversar no percurso até em casa. Parte, apenas parte, da história sobre Aquela-Mulher poderia ser contada, no trajeto, Ingel começaria a compreender esta relação que parecia ter se estabelecido ante o fato de que ela os seguira até a escola. Ela costumava escolher as crianças e as vigiava todo o tempo, logo Ingel saberia a razão. Michel temia que ela pudesse espreitá-los no retorno à casa. Se ela o fizesse, era certo que havia escolhido Ingel para ela, mas isso era outra história.

Ao chegar à escola, Michel surpreendeu-se em ver que Ingel mudara de atitude em relação a ele e o tratou de forma alegre e amável. Ao atravessarem o portão de saída, Ingel rapidamente disse a Michel que queria saber tudo sobre Aquela-Mulher, então Michel passou a contar tudo o que sabia. Aquela-Mulher tinha sido uma criança muito amada por seus pais até a idade de 6 anos, quando, em virtude da guerra que eclodira em seu país, seus pais vieram a falecer em um bombardeio, e ela fora salva entre os escombros. Ela foi adotada por uma mulher muito rica e muito má que modificou toda a sua vida. Ela passou a viver trancada em seu quarto de dormir e recusava-se a comer, exigindo apenas guloseimas, deixou de tomar banho e escovar os dentes, era agressiva e tratava mal todos ao seu redor, e deixou de frequentar a escola. A mãe adotiva primeiro a surrava e castigava imoderadamente, e em seguida desistiu dela, ignorando-a. Apenas atendia aos seus caprichos, para não ser perturbada. Aquela criança bonita cresceu e, devido aos problemas com alimentação e cuidados, ficou terrivelmente feia. No fundo ela se sentia só, abandonada por seus pais. Ela os culpava. Ninguém a educara. Ninguém havia elogiado suas atitudes positivas, ou imposto limites quando precisava. Nunca sentira gratidão. Pelo contrário, sentia muito ódio. Nunca ouvira um não, nos momentos necessários e ouvira muitos quando não era preciso, e isso dava a ela a sensação de que o mundo a afrontava. Aprendeu então toda espécie de maldade. Especialmente adorava aprender sobre feitiços, lia livros de magia. Era perversa com as pessoas, animais e a natureza. No fundo abominava o mundo. Quando sua mãe adotiva morreu, herdou sua fortuna e então resolveu que se dedicaria a encontrar crianças iguais a ela e as treinaria para serem como ela. Ensinaria a odiar o mundo e destruir todos os valores como a tolerância, a justiça, a solidariedade, entre outros, e assim transformaria o mundo num lugar pior, e isso lhe dava prazer. Por isso ela os seguira. Provavelmente escolhera Ingel para ela. Michel começara a contar tudo a Ingel, mas alguns metros adiante foram surpreendidos por aquela risada inconfundível: — Hihihihihihi! Hahahaha!

Ingel e Michel puseram-se a caminhar rapidamente, mas aquela risada sarcástica não parava. Hihihihi, Hahahaha. Parecia vir de algum lugar bem perto, de dentro da floresta. Até que ela, Aquela-Mulher, passou a chamar por Michel.

— Michelu, Michelu, lembra de mim? Eu os trouxe até mim. Hihihihihi. Eu tenho muitos truques, Hahahaha.

A voz parecia estar em toda parte, mas não conseguiam vê-la. Michelu. Assim que ela o chamava, e não Michel.

— Michelu, não vai me apresentar o seu amigo? Ingel, Ingel Addae. Esse é o nome dele! Eu sei tudo sobre ele. Hahahahaha.

Ingel estava petrificado. Mal conseguia acreditar.

— Tenho planos para ele! Hihiihihihi! Hahahahaha!

— Não se atreva a mexer com Ingel. Ele não é e nunca será como você — disse Michel.

— Isso nós veremos — redarguiu a triste figura. — Ele tem um excelente "background", uma história promissora. Hahahahaha! Os irmãos são estúpidos, mas ele, ele é especial, e eu o quero!

— Os irmãos dele são ótimas pessoas. Ele é especial, sim, e você jamais tocará nele como costuma fazer com outras crianças.

A voz desapareceu, deixando um cheiro característico no ar! Então Michel revelou a Ingel a verdade: ela o escolhera. Eles teriam de lutar juntos contra ela. A verdade é que ela, Aquela-Mulher, estava preparando investidas para se apoderar de Ingel, como fizera com muitas crianças. Ela escolhia crianças machucadas, sofridas, feridas, desajustadas, assim como ela, vulneráveis, afetadas pelo descrédito no amor e na humanidade. Ingel copiava os comportamentos negativos que via em abundância pelos lares de crianças em risco que havia frequentado, no decorrer de seus anos de vida. O comportamento violento do pai e a adicção da mãe o haviam afetado e afetado a sua capacidade de acreditar nos outros, e Michel sabia disso. Sabia também que a inteligência de Ingel era o que despertara Aquela-Mulher. A inteligência pode ser usada para o bem e assim deve ser. Mas para ela, para Aquela-Mulher, a inteligência devia ser posta a favor do mal, e ela lutava pelos mais inteligentes e astutos.

Naquela noite Ingel pediu a Michel que o colocasse para dormir. Essa foi a primeira vez que ele pediu a Michel, e isso o deixou bastante feliz. Parecia que ele havia finalmente cativado Ingel, e isso o fazia responsável ainda mais por aquela criança. Elizabeth também ficou feliz, mas estranhou aquela mudança. Perguntou-se o que teria acontecido para Ingel mudar daquela forma. Algo bom pairava no ar, mas ao mesmo tempo bastante estranho.

Michel contou uma história sobre Aquela-Mulher, e Ingel pode saber um pouco mais sobre ela e suas intenções. Após, Michel deu boa-noite a Ingel e foi dormir. Antes de pegar no sono, Ingel sentiu algo que o confortava, que era saber que finalmente encontrara um amigo e esse amigo era Michel. Finalmente não se sentia mais tão sozinho e dormiu feliz.

Logo pela manhã, ao acordar, Ingel correu para a cozinha, onde Michel preparava o mingau, e feliz disse a Elizabeth que gostaria que Michel o levasse para a escola, ao que Elizabeth reagiu com grande alegria e percebeu que ambos, Michel e Ingel, haviam se tornado amigos.

Quando os dois saíram para a escola, logo em frente de casa viram um pedaço de papel amarrotado e amarelecido pelo tempo pregado em uma árvore. Ao pegarem o papel, viram que estava escrito com uma letra horrorosa e pouco compreensível, mas Michel conseguiu decifrar. O bilhete dizia: "PARA INGEL E MICHELU. Vocês terão uma surpresa! Preciso falar com vocês. Não se preocupem. Não usarei meus poderes. Quero apenas falar."

Ao terminarem de ler o bilhete, Michel e Ingel ouviram a característica e esdrúxula risada Hihihihihihihi. Hahahahaha. Ela os espreitava e a risada parecia vir do alto da casa.

— Vamos falar com ela, Michel. Eu não tenho medo — disse Ingel.

— Ingel, não é seguro. Ela tem muitos truques e eu não quero expor você a nenhum risco. Ademais não temos nada o que falar com ela. Ela só terá poderes sobre nós se nós permitirmos que o nosso coração carregue raiva, desprezo pelo que é certo, e nos comportarmos de maneira má. A maldade é a falta de crença no que verdadeiramente importa, que é o verdadeiro amor. Isso a faz vencedora sobre suas vítimas. Fora isso, ela não terá nenhum poder sobre você e ficará frustrada e deixará de nos incomodar. Eu acredito em você. Tudo vai ficar bem.

— Você está certo, Michel — disse Ingel, que, olhando para Michel, sentiu-se protegido e encorajado a ser melhor e desejou naquele momento que Michel fosse seu pai.

Os dois rumaram para a escola e sentiam o coração aquecido apesar do frio que fazia naquela manhã.

Aquela-Mulher ouviu tudo o que eles falaram e passou a remoer cada palavra enquanto se distanciava e tentava pensar em um plano para derrotá-los.

Os dias transcorriam calmamente. Parecia que Aquela-Mulher havia ficado no passado e que jamais tornaria a aparecer. Ingel estava feliz. Descobrira em Michel o amigo que sempre lhe faltara. Eles faziam juntos muitas atividades, brincavam juntos, comiam juntos, passeavam, treinavam basquete, *football* e Brazilian Jiu-Jitsu, montavam Lego, competiam no arremesso de dardos e riam muito. Sem falar que pelo menos duas vezes por semana Michel o colocaria para dormir contando histórias Daquela-Mulher e depois uma oração, seguida de um pensamento importante que Ingel repetia.

Elizabeth estava sempre junto e admirava aquela amizade tão linda que surgira, o que por muitas vezes arrancava-lhe lágrimas de felicidade, pois finalmente Ingel encontrara o pai que lhe faltava e mostrava-se mudado para melhor. Michel instituiu a sexta-feira especial: nas sextas-feiras, eles sempre fariam algo especial como ir ao cinema, comer em algum lugar que Ingel adorava, assistir a um filme na TV, preparar hambúrguer com batatas fritas em casa, além de outras coisas especiais num dia especial; ou simplesmente eles e Elizabeth caminhavam pela floresta ou junto ao mar, conversando e desfrutando da natureza.

Aquela ideia, da sexta-feira especial, surgira porque Ingel pedia a todo momento, todos os dias, algo especial como um brinquedo, um jogo, um chocolate, e Michel lhe disse:

— Ingel, quando todos os dias fazemos coisas desse tipo, elas deixam de ser especiais. Passam a ser coisas comuns e sem graça. Não é possível ganhar brinquedos todos os dias ou comermos doces e chocolates diariamente. Mas tenho uma ideia: vamos instituir a sexta-feira especial, e nesse dia faremos sempre algo muito especial, que não precisará ser necessariamente algo comprado com dinheiro.

Ingel adorou a ideia e esperava as sextas-feiras ansiosamente. E compreendeu o que Michel lhe falara.

Michel adorava brincar com Ingel se fazendo passar pelo "Hug Monster", o monstro do abraço, correndo atrás de Ingel dizendo: "Eu sou o Hug Monster!" Ingel corria e soltava risadas, mas no fundo sentia medo do Hug Monster. Porém era bom de qualquer forma. Não se lembrava de ter sido abraçado daquela maneira. Sentia-se amado por Michel e começara a amá-lo também.

Ingel se transformara, passou a perguntar sobre coisas que tinha dúvida, sorria e fazia piadas. Passou a compartilhar suas emoções e a ouvir, não gritava mais, sonhava em ser melhor a cada dia, compreendia melhor a vida em família e a importância de compartilhar. Chegava a corrigir seus irmãos quando eles erravam, ia bem na escola e dedicava-se aos esportes. Fazia judô. Passou a aceitar mais as pessoas. Michel, por sua vez, orgulhava-se de todas essas transformações e se esforçava para que tudo transcorresse da melhor forma possível. Ingel estava protegido, e Aquela-Mulher não mais os incomodaria. Ingel finalmente entendia que existiam limites e aprendera a ouvir "não" quando necessário.

Era quase findo o inverno, mas ainda nevava. Os dias estavam mais claros na Estônia, e durante as manhãs o sol banhava o horizonte, mergulhava em meio a floresta, refletia-se na neve branca e fofa, onde Michel adorava esquiar. O ar frio tinha um cheiro doce. O céu estampava o mais lindo azul. Tudo parecia repleto de luz e vida. Ainda que latente, a vida pulsava nas árvores adormecidas pelo inverno, e a chegada próxima da primavera insuflava os pulmões de alegria. E logo a natureza despertaria repleta de vida e luz com os pássaros fazendo algazarras tal qual as crianças costumam fazer.

O azul do céu, o negro da floresta e a neve branca, esse quadro, remetia às cores da bandeira da Estônia, onde eles moravam. A Estônia é um pequeno país báltico com uma história rica e turbulenta, que remonta à Idade da Pedra. Extensas áreas de floresta intocada no território estoniano permitiram a sobrevivência de uma grande quantidade de linces europeus, javalis selvagens, ursos pardos, lobos e alces, entre outros animais. A maior população de ursos pardos pode ser encontrada no nordeste da Estônia.

"Que país cheio de encantos! Viver aqui é como viver em um conto de fadas", pensava Michel, enquanto deslizava seus esquis pelas encostas. Ao mergulhar mais fundo na floresta seguindo a trilha de esqui, Michel começou a ouvir um som conhecido e desagradável. Foi quando parou rapidamente ladeando os esquis para frear na neve.

— Michelu, Michelu, Hahahahaha!

Era ela. Ele pensava que estavam livres dela, mas Aquela-Mulher parecia não ter desistido. Na verdade, ela não desistia facilmente. Foi quando apareceu na sua frente aquela lamentável figura. Era horrenda! Aquele rosto medonho! Na boca dois dentes apenas. O cheiro que exalava era horrível. As roupas, um manto que cobria o corpo e um capuz que provavelmente nunca foram lavados. Unhas grotescas, grandes e sujas em uma mão franzina e carcomida. Era impossível não sentir pena. Ela costumava se vangloriar que comer balas de açúcar era o segredo da sua beleza. Que tomar banho era para os loucos, e fazia uma sopa em um caldeirão imenso utilizando todo tipo de coisas estranhas, como baço de coruja, fígado de morcego, coração de sapo.

Revolvia aquele caldeirão e pronunciava palavras terríveis evocando o mal, todos os dias. Era medonha!

— O que você quer? — disse Michel.

— Você sabe o que eu quero. O menino! Eu não desisti dele!

— Você jamais o terá. Eu não permitirei.

— Quem você pensa que é? O mundo conspira a meu favor, Michelu. Eu estou cada dia mais forte. Será que você não entende? Lembra? O senhor da guerra não gosta de crianças — cantarolou. — Não é? Hahahaha! Já criei tantos, centenas, milhares. Hoje eles assombram o mundo. Aqueles que eu não posso treinar, os mais estúpidos, eu apresento às drogas e depois vejo destruírem a si próprios. Todos meus! Eles produzem o mal que alimenta o mal. Estamos vencendo!

— Não! Não estão! Você jamais vencerá — disse Michel.

— Você esquece que cada criança que a sociedade avilta, traumatiza, violenta, abusa é para mim um forte candidato e eu sempre estarei à espreita. Lembra de seus amigos? Quantos, Michelu, eu destruí?

— Ingel está sendo amado. Ele está cada dia mais confiante e certo de que o amor e o respeito que ele desfruta são essenciais e que fazer o bem é o que de melhor podemos fazer.

— É por isso que eu o quero. Quero derrotar essa palhaçada toda. Amor? O que você pensa que é? Qual o seu problema? Quer salvar o mundo salvando uma criança? Que espécie de tolo é você? Ele vai optar pelo mal assim como eu. O mundo é horrível e o mal está em toda parte. Você não vê?

— O mal é apenas a falta de amor. É inútil discutir com você. Suma e não apareça nunca mais ou sabe o que farei!

— Cale-se! — gritou ela. — Você não seria capaz disso novamente! — disse Aquela-Mulher. E nos seus olhos via-se dor e ódio. Se ela pudesse, teria acabado com Michel naquele momento, mas precisava aguardar. Partiu proferindo insultos e ameaças deixando atrás dela aquele cheiro terrível.

Capítulo XI
O AMOR É UMA ARMA FORTE

Chegara sexta-feira, e Ingel estava especialmente feliz, porque era sexta-feira especial, e ainda mais porque sua mãe iria buscá-lo no sábado e passariam o dia juntos. Nenhum dos sofrimentos por Ingel vividos apagou o amor por sua mãe. Ela também o amava enormemente e sentia-se culpada por tudo que acontecera em suas vidas e que levaram-na a perder o direito de criar seus filhos. Ela não sabia quando seria possível recuperar a guarda das crianças, pois não se livrara ainda do vício, mas estava lutando, e isso lhe dava forças. O amor de Ingel lhe dava forças para continuar lutando. Ingel a amava com devoção e esperava muito pela sua chegada e por momentos ao lado dela.

A sexta-feira especial foi ótima. Michel havia sugerido um churrasco à moda brasileira, que Ingel adorava. Ingel e Michel prepararam o jantar juntos. Ingel adorava ajudar no preparo da comida. Após o preparo, eles jantaram conversando sobre amenidades com Elizabeth e seus irmãos. Mais tarde, Michel colocou Ingel para dormir contando-lhe mais uma história sobre Aquela-Mulher e como deveriam agir para que ela ficasse longe deles. A principal coisa era que Ingel precisaria se manter firme com o propósito de ser um bom menino e manter acesa a chama do amor em seu coração. Parecia simples, mas os anos passados, as experiências sofridas que Ingel trazia em seu coração, embora ele não compreendesse, tais como os conflitos familiares, a separação da mãe, fizeram-no sentir-se inseguro, desconfiado e agressivo para com outras pessoas. No entanto, agora ele começara a desejar ser um bom menino e permitir-se ser amado e amar sem barreiras todos à sua volta. Mal sabiam eles que Aquela-Mulher escutava tudo do lado de fora pendurada na sacada do quarto de Ingel, e ela preparava um plano para ter finalmente o menino. Estava obcecada. Precisava aguardar uma oportunidade para agir. Sabia que a qualquer momento essa oportunidade surgiria e então consumaria seus planos diabólicos. Michel e Ingel oraram e depois repetiram a mensagem especial.

Capítulo XII
A TRISTEZA DE SENTIR-SE ABANDONADO NOVAMENTE

O dia amanhecera lindo. Ingel despertara bem cedo, pois, logo mais, às 10 horas, sua mãe iria buscá-lo, aproveitariam o dia juntos, e aquele momento era esperado por ele com grande alegria. Finalmente poderia relatar para sua mãe todas as coisas novas que tinha aprendido e vivido naqueles meses e que agora tinha um grande amigo, Michel. Pensou se deveria falar para a mãe sobre Aquela-Mulher, mas lembrou-se da promessa feita a Michel de que eles manteriam esse segredo entre os dois e ninguém mais saberia sobre Aquela-Mulher. A distância entre ambos, ele e sua mãe, parecia muito grande. Às vezes lutava para não esquecer as feições dela e manter vivos os momentos de alegria e ternura que passaram juntos. Ingel costumava chorar durante a noite, quando deitado. Não se lembrava de nada. Apenas sentia dor e tristeza e necessidade de algo que preenchesse aquele vazio, mas não sabia o quê. Queria a presença de sua mãe, mas ela não estava ali, e ele não sabia ao certo quando a veria. Nessas ocasiões chamava Michel, pois se sentia inseguro e com medo. Michel o acalmava e aguardava que ele pegasse no sono. Isso se repetia por algumas noites.

— Michel — dizia Ingel —, fique comigo até que eu durma. Estou com medo.

— Eu ficarei, Ingel, mas você tem de pegar no sono rapidamente. Precisamos dormir. Já é tarde. Amanhã temos trabalho, estudo, e precisamos estar descansados.

Ingel sempre dizia e repetia:

— Vou fechar meus olhos. Vou fechar meus olhos. Fique comigo 1000, 2000, não, 3000 minutos.

Ingel também pedia para orar e dizia que queria rogar a Deus para que sua mãe estivesse junto dele o mais breve possível. Pedia pela mensagem especial e pedia um abraço a Michel. E depois dava-lhe um beijo na testa e só então dormia.

Capítulo XIII
A DECEPÇÃO ATINGIU O CORAÇÃO DE INGEL

Às 9h30 do sábado, Ingel postou-se em frente à janela, aguardando ansiosamente por sua mãe, que deveria chegar às 10h. Os minutos foram passando lentamente e angustiantemente. Enfim 10 horas, mas sua mãe não apareceu. Pensou Ingel: "Está atrasada. Não, são apenas 10 horas." Mais 15 minutos se passaram. A aflição começou a sufocar Ingel. Mais 15 minutos e uma hora mais e nada. Outra vez mais, pensou Ingel, a mãe o esquecera e fizera que novamente sentisse aquela dor, aquela sensação horrível de abandono. Mais uma vez, tentou lembrar do rosto da mãe e não conseguiu. Michel o observava e sofria em silêncio. Ele não ousara até agora falar nada, pois temia a reação de Ingel.

Finalmente Michel falou com Ingel:

— Ingel, provavelmente ela teve algum contratempo sério e não pôde vir. Acontece. Você sabe, trabalho, ou mesmo pode ter ficado doente.

— Cale-se, Michel! — disse Ingel rudemente. — Não quero falar com você nem com ninguém. Eu odeio todo mundo! Odeio todos! Odeio minha mãe!

Ingel pronunciou essas palavras duras, correu para o seu quarto e trancou a porta à chave. Michel e Elizabeth foram até o quarto de Ingel e bateram na porta pedindo que abrisse. Ele nada respondeu. Apenas chorava.

— Ingel — disse Michel —, abra a porta. Vamos conversar. Elizabeth está aqui também e quer falar com você.

— Ingel, abra a porta, por favor — disse Elizabeth.

— Saiam daqui! Odeio todos vocês!

— Elizabeth — disse Michel —, vamos esperar. Logo ele estará melhor e poderemos conversar.

Capítulo XIV
ENFIM A OPORTUNIDADE ESPERADA PELO MAL

Aquela-Mulher acompanhou tudo do lado de fora da casa. Essa era a oportunidade de que precisava. Afinal, Ingel estava magoado, machucado e desacreditado do amor materno, o que o fazia desacreditar do amor de uma maneira geral, e por isso dizia odiar a tudo e a todos. Era o momento perfeito para apoderar-se do menino. Ela estava feliz e jurou que o menino seria dela.

No horário de sempre, Michel chamou Ingel para jantar:

— Ingel, venha jantar. Você sabe que este momento é sagrado para nós. Por favor, venha.

Ingel desceu para a sala de jantar, mas recusou-se a falar e a comer. Michel e Elizabeth respeitaram o silêncio de Ingel e decidiram não forçar nada com receio de fazê-lo sofrer mais ainda. Apenas desejavam que uma boa noite de sono ajudasse Ingel a melhorar.

Naquela noite, Ingel não quis que ninguém o colocasse para dormir. Fechou-se no quarto e chorou baixinho até que ouviu um barulho estranho na sacada do seu quarto. Quando se levantou para ver o que era, deu de cara com Moses. Moses era o gato da família, um *persa apricot* que passava os dias dormindo e parecia observar a tudo e todos quando acordado. Gostava de manter-se reservado e relativamente distante. Amava apenas interagir com Michel por quem tinha um sentimento diferenciado. Adorava contemplar Michel por minutos sem fim, fitando-o como quem reflete sobre algo, ou simplesmente deitava-se ao lado dos pés de Michel. A noite emitia estranhos sons e corria pela casa. Ingel espantou-se, pois Moses nunca dormia fora de casa, ainda mais com aquele clima frio da estação. Ingel pegou Moses no colo e contrariando recomendações de Elizabeth levou Moses para sua cama.

Qual não foi a surpresa e o susto de Ingel quando Moses, olhando fixamente para ele, começou a falar:

— Ingel querido, eu sei o que você está passando. Os adultos são pessoas difíceis de compreender, por vezes são cruéis, mas não podemos perder a fé na humanidade mesmo que alguns humanos não pareçam tão humanos. Mesmo que muitas vezes sejamos decepcionados. Todos carregamos dores, e isso nos torna irmãos uns dos outros. Devemos compreender a fraqueza humana e abstermo-nos de julgar.

— Eu não quero sofrer mais, Moses! — disse Ingel. — Eu não quero me decepcionar mais com as pessoas. Elas são horríveis e me machucam o tempo todo desde que eu nasci.

— Ah, meu querido. Eu quero muito ajudar você, meu pequeno, e vou ajudá-lo. Faça o que lhe digo. Confie em mim. Vá primeiro ao sótão da casa. Lá você vai encontrar uma arca e nela um álbum de recordações, além de outras coisas. Abra o álbum e o examine com cuidado. Reflita sobre as imagens e depois vá ao porão. Lá você encontrará uma porta a qual só você pode abrir. Encontrará muitas respostas e revelações, mas tome cuidado: tudo pode acontecer. Você, por último, terá também que responder à seguinte pergunta: o que é tão forte quanto a morte e que queima como fogo? O que vem primeiro? O que está por trás de tudo, inclusive de nós dois? O que será sempre eterno e vem antes e depois e o que nos liberta e salva? Lembre-se: é muito importante responder a essa pergunta.

— Moses, é uma charada, um enigma? Por que devo fazer essas coisas? O que tem no sótão? O que está por detrás daquela porta?

— Faça essas coisas e encontrará as respostas que procura. E quando você as encontrar, terá paz e força para resistir.

— Resistir a quê?

— Está com medo? — perguntou Moses, olhando fundo nos olhos de Ingel com aqueles olhos grandes e amarelos. — Faça o que estou dizendo e faça logo.

— Eu não tenho medo de nada, Moses! Você vai ver!

— Agora vou visitar a minha caixa de areia. Abra a porta — disse Moses.

Moses saiu e Ingel mal conseguiu dormir aquela noite pensando em tudo aquilo e o que iria encontrar pela frente, repetindo sem parar a charada: o que é tão forte quanto a morte e que queima como fogo? O que vem primeiro? O que está por trás de tudo, inclusive de nós dois? O que será sempre eterno e vem antes e depois e o que nos liberta e salva? Mal podia esperar pelo novo dia. Aproveitaria a primeira oportunidade para ir ao sótão e ao porão. Todos precisavam estar dormindo. Mal sabia Ingel que Aquela-Mulher a tudo ouvia atentamente dependurada em sua sacada.

Capítulo XV
AQUELA-MULHER PLANEJA ACABAR COM MICHEL E MOSES

Aquela-Mulher ouvira a tudo atentamente, o que a deixou furiosa, e pensou que precisava finalizar o seu plano rapidamente ou perderia o menino. Precisava se livrar de Michel e agora também daquele gato intrometido. Precisava destruir Michel, e com isso Ingel perderia o chão. Agora precisava ser esperta, pois Moses passou a agir. Pensou: "Gatos falantes são seres perigosos. Eles têm com eles uma sabedoria milenar desenvolvida pela observação dos humanos que tudo a eles mostram no convívio diário e revelam sem saber que são criaturas mágicas dotadas de consciência e sabedoria incomuns." Resolveu fazer, então, uma poção e daria um jeito para que Michel a bebesse, e com isso tiraria Michel do menino e ele não teria mais o seu apoio e proteção. Quanto a Moses, ele seria sua próxima vítima. Precisaria pedir ajuda ao lobo Alexei, aquele que uivara quando Michel e Ingel apareceram no atalho e viram a casa Daquela-Mulher. O lobo saberia como dar cabo de Moses. Ela achava o lobo meio estupido, mas iria dar a ele aquela missão.

Capítulo XVI
A VERDADE COMO INSTRUMENTO

Enfim a segunda-feira chegara e com ela a esperança de que as coisas voltassem ao seu normal. Ingel permanecera triste, o tempo todo, durante os últimos dois dias, e aquela alegria que a todos contagiava parecia ter se apagado, mas Michel sabia que seria por apenas um instante devido aos acontecimentos de sábado. Ingel precisava ser resiliente, forte e trabalhar com a frustração. Isso é algo que todos temos de aprender, e Michel estaria ali para ajudá-lo.

Quando Michel levou Ingel para a escola como fazia todas as manhãs, Ingel o olhou nos olhos e como sempre pediu para que Michel desse a volta no prédio e na janela dos fundos, que dava para o local onde as crianças tinham seus armários acenasse para ele. Esse era um momento muito especial. Michel conseguia ver que os olhos de Ingel o fitavam pela janela, e a cada passo que Michel dava rumo à saída, Ingel batia na janela para que ele se voltasse, o olhasse e acenasse novamente até desaparecer. Era como um ritual no qual renovavam seus votos de amizade eterna e Ingel demonstrava o quanto amava Michel e o quanto ele era importante para ele. Michel tentou esconder uma lágrima que teimou em cair. Aquele pequeno começara a crescer e Michel o amava como a um filho.

Os dias se passaram, e a primavera se fazia sentir em sua plenitude, em países como a Estônia, com estações bem definidas. Quando chega a primavera, a natureza tem pressa, pois sabe que o tempo urge e que tem de desabrochar de forma intensa. A natureza precisa cumprir o seu papel.

No caminho para casa, Michel começou a pensar que estava sendo estimulado pela convivência com Ingel a se conhecer melhor e passou a examinar-se como nunca havia feito anteriormente. Passou a buscar seu inconsciente, a desbravá-lo, e encontrou certas coisas que tinha medo de enfrentar; no caso de Michel, era a infância que o intrigava. Ele sempre afirmara para si mesmo que não tivera infância. Mas por quê? Não conseguia lembrar-se de muitas coisas. A questão era saber de que forma a sua história tangenciava a história de vida de Ingel. Seria quando Michel então poderia finalmente se conhecer melhor, mas como faria isso? Eis a questão. Em verdade, o inconsciente é o porão da mente, onde se guarda tudo aquilo com que não queremos contato, mas chega um momento que nos damos conta de que ele possui muito mais coisas do que imaginamos. E por não suportar guardar mais coisas, nosso inconsciente extravasa em nosso corpo. Geralmente quando isso acontece, pretendemos realizar mudanças e nos permitimos entrar no "porão".

Naquela noite, Michel teve um sonho intrigante e revelador. No sonho seu pai e sua mãe brigavam muito, e Michel sentiu aquela mesma tristeza que o incomodava na infância. Pensava que tinha sofrido de depressão infantil, mas agora sabia a razão, e aí estava o ponto de encontro com a história de vida de Ingel. Michel sofrera na infância as consequências do relacionamento instável de seus pais. Crianças são dependentes das emoções dos pais.

Capítulo XVII
INGEL VAI AO ENCONTRO DE SUA ESTÓRIA

Naquela noite, logo após o jantar, Ingel pediu a Michel que o colocasse para dormir. Como sempre queria ouvir mais uma história sobre Aquela-Mulher. Assim Michel o fez. Após, fizeram uma oração e como sempre eles repetiram aquela mensagem especial e deram boa--noite. Ingel fez de conta que já estava dormindo e aguardou quando todos estavam recolhidos aos seus aposentos para ir finalmente ao sótão e examinar aquele baú que Moses havia falado. Passaram-se dias após a revelação de Moses sem que ele tivesse a oportunidade. Esgueirou--se pelas paredes com medo de que alguém o visse e subiu ao sótão. A casa estava em silêncio e ele podia ouvir a própria respiração. Seu coração batia forte. Ao chegar ao sótão, viu aquele imenso baú e com muita curiosidade e receio o abriu. Foi para ele uma grande surpresa. No baú estavam álbuns de fotografia. Neles pôde ver sua mãe ainda grávida dele, o dia do nascimento em fotos, seu pai sorridente e sua mãe com ele no colo em várias fotografias. Viu fotos de seus irmãos em várias idades e muitas fotos dele guardadas com muito cuidado. Pôde ver algumas peças de roupas que foram preservadas e que foram dele enquanto bebê. Aquelas coisas todas mexeram com a cabeça dele. Eles pareciam uma família feliz. Mas como então, na realidade do dia a dia, tantas coisas ruins aconteceram que ele se esquecera e que se recusava lembrar? Como temia o pai e temia seus irmãos, com exceção da mais velha, que, embora criança, assumiu-o no lugar da mãe quando esta estava impossibilitada devido à doença. Viu as fotos tiradas nos abrigos pelos quais tinha passado e reviveu aqueles momentos sombrios e solitários.

— Agora tenho de ir ao porão e abrir aquela porta — disse Ingel baixinho. Seu coração parecia que ia sair pela boca. Será que teria coragem de enfrentar o desconhecido? De que maneira o que estava atrás daquela porta poderia trazer paz a ele e fazê-lo resistir ao mal que parecia crescer dentro dele, assim como dentro de seus irmãos, e que lhe fizera dizer que odiava a todos. Por vezes tinha vontade de agredir seus irmãos e colegas de escola. Não admitia que as professoras o tocassem, pois desconfiava do afago e generosidade das pessoas. As lembranças achadas deram-lhe forças para descer as escadas e acessar o porão. Desceu degrau por degrau que dava ao subsolo, após transpor a porta que o separava do resto da casa. Sua respiração estava ofegante, e o coração parecia que ia explodir. Ingel não percebeu, mas atrás dele vinha Moses.

Capítulo XVIII
ENFIM A PORTA DAS REVELAÇÕES

Agora no porão, Ingel sentiu que alguém o seguia e virou-se, tomando um grande susto. Era Moses.

— Moses, é você? Quase me matou de susto!

— Calma, Ingel. Estou aqui para lhe ajudar, porém terei que ficar aqui. Só você pode entrar por aquela porta. Eu te esperarei. Lembre-se: tenha cuidado. Vai depender de você a escolha de como usará esse conhecimento que está atrás da porta e vai depender dessas escolhas o seu futuro. Falo sobre o resto da sua vida. Nem todo mundo entra pela porta e por isso deixam de se conhecer e padecem.

Ingel não compreendeu muito bem. Que escolhas seriam essas? Que padecimento é esse que Moses está falando? Pensou então: "Vou abrir a porta." E o coração voltou a pular no peito. Sabia de alguma forma que precisava fazer aquilo. Seguiu lentamente em direção a ela, fechou os olhos e moveu o trinco empurrando-a! Abriu os olhos e viu uma escuridão imensa, total. De repente, foi sugado para dentro desse imenso quarto, e atrás dele a porta fechou-se. Ingel correu e tentou abri-la, mas ouviu uma voz de mulher que o advertiu.

— Ingel, Ingel, não recue. Esta é uma oportunidade única. Olhe para mim!

Ingel voltou-se lentamente para trás e viu com espanto uma linda mulher que empunhava uma lâmpada. Havia uma multidão de homens e mulheres atrás dela.

— Quem são vocês? Quem é você, senhora?

— Nós somos todos aqueles que o precederam e que o possibilitaram estar aqui. São centenas de gerações, Ingel, que enfrentaram de tudo, as mais duras provas, sofrimentos, fome, guerras, tristezas, e não faltaram as alegrias para que você pudesse estar vivo hoje e ter essa oportunidade maravilhosa de viver a vida.

Quando a mulher falava, Ingel passou a ver em sua mente todas aquelas imagens surpreendentes.

— Por que estão aqui? O que vocês querem? Por que estão atrás dessa porta? Por que esta escuridão?

— Ingel, na verdade estamos dentro de você. Nós estamos em cada uma de suas células, em seus genes. A porta dá acesso ao seu interior. Está escuro porque até este momento não passávamos de uma história não contada, e agora você sabe que a sua vida não é um acidente, um acaso. Não se trata de uma coincidência ou de um fato isolado. Todos nós fazemos parte dela e torcemos por você. Seu sucesso será nosso sucesso, sua continuidade será a nossa continuidade, nossa missão cumprida, o contrário será nosso fracasso. Cada pessoa que fracassa, desiste da vida, mal vive e abandona a luta não contribui com a sua geração põe a perder o esforço e sacrifício de centenas de gerações.

Nesse momento o local banhou-se de luz. Os seus antepassados sorriam docemente para Ingel. Eles eram brancos e negros. Linhas materna e paterna de Ingel. Pessoas! Seres humanos! Uma só raça, a raça humana, *Homo Sapiens*, seus ascendentes, centenas de gerações.

— Quanta gente! — disse Ingel e sorriu para eles.

— Ingel — disse a mulher —, você verá a sua história a partir deste momento. Os anos passados dos quais você não consegue se lembrar e a razão de tantos sentimentos contraditórios que você carrega.

— Não! Eu não quero — disse Ingel.

— Meu querido, uma vez aberta a porta você não tem escolha. A verdade será revelada.

Então abriu-se uma grande imagem tridimensional na qual Ingel pôde ver os primeiros momentos de sua gestação, as primeiras batidas do seu coração, o momento do parto, seus irmãos e o ambiente familiar; mas em seguida vieram as brigas paternas, as dificuldades, a fome, os primeiros passos, as surras aplicadas nos irmãos e na sua mãe pelo seu pai, a embriaguez materna, as agressões sofridas, enfim, tudo aquilo que fizera dele e seus irmãos pessoas tão feridas, tristes e revoltadas. Viu os anos em que passara nos orfanatos, viu o momento que chegaram Elizabeth e Michel para buscá-lo e a seus irmãos, e por último uma imagem fantasmagórica Daquela-Mulher.

Ingel não parava de chorar e implorar para que parassem as imagens porque elas o machucavam muito. Agora compreendia os sentimentos de abandono, insegurança, medo e tristeza profunda que sentia e por que ele era tão agressivo e desconfiado, as noites de insônia e o medo.

— Ingel — disse a mulher —, agora você sabe a origem dos sentimentos que você experimenta e deverá tirar todas essas coisas do grande quarto da sua mente. Com elas você não conseguirá seguir em paz, ao contrário.

Ingel disse:

— Como poderei apagar essas coisas? Eu sou uma criança. Como posso retirá-las da minha mente, do meu coração?

— Ingel, a resposta está na solução do enigma que lhe foi proposto. Lembre-se: o que é tão forte quanto a morte e que queima como fogo? O que vem primeiro? O que está por trás de tudo, inclusive de nós dois? O que será sempre eterno e vem antes e depois e o que nos liberta e salva?

— Eu não sei a resposta. Não consigo encontrá-la. Eu sou apenas uma criança. Eu era apenas um bebê e já apanhava. Passei anos em orfanatos.

— Seus pais, Ingel, não abriram a porta do porão como você e por isso repetiram as mesmas perversidades sofridas. Sua mãe foi buscar refúgio no álcool. Seu pai na violência se afirmava. Você tem agora esta oportunidade. A decisão é sua.

Ingel viu por que tinha o hábito de cheirar toda comida, não só ele, mas seus irmãos também. Tinham consumido muitos alimentos velhos, estragados, e passaram a cheirar a comida, qualquer coisa, antes de comer. Viu por que sentia tanto ódio quando começava a lutar de brincadeira, e a raiva ia aumentando até ele querer ferir seu oponente na brincadeira.

As imagens desapareceram. Seus ascendentes também. Momento em que a mulher disse a Ingel:

— Não se esqueça de que você terá de desvendar o enigma proposto: o que é tão forte quanto a morte e que queima como fogo? O que vem primeiro? O que está por trás de tudo, inclusive de nós dois? O que será sempre eterno e vem antes e depois e o que nos liberta e salva? Essa será uma escolha sua — disse a mulher desaparecendo. O quarto voltou a escurecer-se, e a porta se abriu atrás de Ingel.

Ingel deixou o quarto, estava suado e pálido, caiu no chão e desatou a chorar em frente a Moses, que o aguardava. Todas aquelas revelações e fortes imagens fizeram-no sentir-se exausto, mas ao mesmo tempo uma raiva tomou conta dele.

Capítulo XIX
AQUELA-MULHER DÁ O VENENO A MICHEL

Já dentro de seu quarto, Ingel não parava de pensar sobre todas aquelas coisas que tinha visto e ouvido, e de tão cansado dormiu soluçando baixinho. Na manhã seguinte, levantou-se no mesmo horário de sempre, porém não deu bom-dia a ninguém. Ele e Michel puseram-se a caminhar rumo à escola, e ele não disse sequer uma palavra. Michel tentou conversar, mas ele não respondia. Ao chegarem à escola, Michel tentou abraçá-lo como sempre fazia para se despedir, e Ingel disse a Michel:

— Eu não gosto de você. Você não é meu amigo. Ninguém é meu amigo. Eu gostaria de voltar para o abrigo de crianças. Deixe-me em paz. Deixe-me só.

— Ingel — disse Michel —, você sabe que somos amigos e que eu amo você e que jamais faria algo para te magoar. Eu te amo como meu filho.

Ingel virou-se sem dizer nada e entrou.

Michel sentiu-se triste pelas coisas que ouviu, mas mais ainda por Ingel, que parecia estar profundamente perdido e machucado. Michel deu a volta no prédio para ver se Ingel o esperava na janela e não o encontrou lá.

Michel retornou para casa pensativo e tentava achar uma forma de fazer com que Ingel superasse esse momento ruim e voltasse a ser aquela criança alegre e cheia de vida, apesar de tudo. Michel sentou-se à mesa para tomar um café que preparara. Os dias estavam frescos e agradáveis, pois já ia a primavera e chegara o verão. Michel abriu a janela para deixar a luz e o ar entrarem. Foi quando ouviu tocarem a campainha da porta. Michel deixou o café, levantou-se e foi atender a porta. Enquanto dirigia-se para a frente da casa, Aquela-Mulher entrou pela janela aberta e derramou no café de Michel a poção venenosa que havia feito. Com aquela poção, Michel pereceria, e Ingel finalmente estaria sozinho e à sua mercê. Foi surpreendida por Moses, que a atacou sem dó nem piedade, fazendo-a fugir caindo janela afora, mas tinha conseguido seu objetivo. Michel não viu ninguém à porta da entrada e pensou que alguma criança fizera uma brincadeira e voltou para a cozinha para terminar seu café. Ao tomar a bebida em suas mãos, não conseguiu ingerir a quantidade que a xícara continha porque Moses voou sobre a xícara tentando impedir que Michel bebesse todo o café, porém não conseguiu por completo, pois Michel tomou parte da bebida.

— Que é isso, Moses? O que deu em você?

No mesmo instante ele caiu desacordado.

Algumas horas mais tarde, Elizabeth chegou em casa e encontrou Michel desacordado. Chamou imediatamente uma ambulância. Michel foi levado ao Hospital Central de Tallinn. O médico que o atendera disse a Elizabeth que era grave, que se tratava de um possível envenenamento e que fariam o possível, mas dependeria de como o quadro iria evoluir e de descobrirem que veneno foi administrado a ele. Elizabeth ficou arrasada. Quem teria envenenado Michel?

Capítulo XX
MICHEL ENTRE A VIDA E A MORTE

Elizabeth teve de deixar o hospital e buscar Ingel na Escola, pois mais ninguém poderia fazê-lo e precisava dar a notícia a Ingel. Não sabia como faria isso, mas teria de dá-la. Ingel, ao ver que Elizabeth fora buscá-lo e não Michel, perguntou:

— Por que Michel não veio me buscar, Elizabeth? Tenho de pedir perdão a ele. Eu o tratei muito mal. Acho que ele não veio por isso. Deve estar magoado comigo e com razão.

— Não foi por isso que ele não veio, Ingel — disse Elizabeth. — Michel sofreu um acidente e está muito mal no hospital.

Aquela notícia caiu como um raio em Ingel. Foi um choque terrível.

— A culpa é minha. Eu magoei Michel e agora vou perdê-lo — disse Ingel.

— Não, Ingel. A culpa não foi sua. Alguém envenenou ele.

— Eu perco todas as pessoas que eu amo, Elizabeth. Eu sou mau. Eu sei que ele vai morrer. Você está mentindo. Ele está morto.

— Não diga isso, Ingel. Ele vai melhorar. Ele precisa reagir e voltar para nós. Você não é mau.

Foram para casa, e de casa Elizabeth foi ao Hospital, porém Ingel não poderia acompanhá-la. Ficou em casa, trancou-se no quarto e não queria falar com ninguém. Sentia-se culpado. Era como se o mundo todo desabasse. Por sua culpa, perderia o amigo. Julgava tê-lo perdido. A vida mais uma vez o estava punindo e machucando. Perdera a família, a mãe, vivera em orfanatos, todas aquelas coisas horríveis que vira. Na sua mente, não havia mais pelo que lutar. Ele perdera e perdera tudo. Ele pensava sem parar que falhara. Não conseguira ser bom como era preciso. Teve vontade de fugir e saiu porta a fora. Nesse momento seu irmão mais velho o chamou, mas Ingel correu e ele não conseguiu segurá-lo.

Capítulo XXI
MOSES RESOLVE AGIR PARA SALVAR MICHEL

Ao ver Michel caído, Moses, o gato falante, sabia que só havia uma chance: ele teria de correr para a floresta próxima de Vimsi e lá encontrar a Fada protetora da floresta e implorar a ela por um antídoto para o veneno que Michel havia bebido. Ao sair de casa, Moses não percebeu, mas estava sendo seguido pelo Lobo Alexei. Somente ao entrar na floresta, Moses percebeu a presença de Alexei, e seu instinto felino sabia do que se tratava. Aquela-Mulher mandara não só executar Michel, mas a ele também, e assim Ingel estaria totalmente vulnerável. Moses pensou: "Só tenho uma chance." Mudou de direção e começou a emitir sons estranhos, até que se voltou para trás e disse ao Lobo o encarando:

— Veio fazer o mal a que está acostumado, não é?

— Vim para dar cabo de você, seu gato intrometido! Se não fosse por você, a minha ama já teria o menino. E agora você pretende salvar Michel. Sei que veio aqui para isso. Mas chegou o fim da linha, seu gato estúpido! Agora vou dar cabo de você para sempre. Quando o lobo se preparou para dar o bote, surgiu atrás dele uma enorme figura, o grande Urso Pardo da Estônia, amigo de Moses e vigilante da Fada, que com um único golpe arremessou o Lobo estúpido a muitos metros de distância colocando fora de combate e infligindo a ele alguns ossos quebrados e uma tremenda dor de cabeça. Moses agradeceu ao amigo e correu para a cabana da Fada relatando a ela todo o ocorrido e rogou pelo antídoto para salvar Michel. A Fada preparou o antídoto e antes de dá-lo a Moses recorreu ao seu Caldeirão e lá pode ver que Ingel também corria perigo e disse a Moses:

— Salve Michel e em seguida você precisa levar Michel até Ingel. Ele saberá onde ele se encontra.

Moses correu como um louco para o Hospital e sem que ninguém o visse entrou pela janela do quarto em que Michel estava e administrou o antídoto. Michel em instantes acordou e estava salvo, deixando espantados os médicos, que ficaram sem entender como ele, que estava tão mal, havia escapado da morte. Elizabeth, ao entrar no quarto da UTI de Michel, mal acreditava no que estava vendo. Agradecia aos médicos exultando de alegria.

Michel disse a Elizabeth após a saída dos médicos do quarto:

— Elizabeth, me ajude. Preciso fugir daqui. Sinto que Ingel corre perigo. Eu tive um sonho estranho enquanto estava em coma. Moses, imagine você, me deu algo para beber e em seguida disse que Ingel estava em perigo e só eu poderia ajudá-lo e que eu precisava me apressar.

Elizabeth quis contrariar Michel, mas também sentia que Ingel corria perigo, principalmente depois do que ele dissera a ela, que ele era o responsável pelo que aconteceu a Michel, e sentiu-se culpada por tê-lo deixado em casa. Nisso toca o telefone de Elizabeth. Era Zulu, o irmão mais velho de Ingel. Ingel havia fugido.

— Ingel está realmente em perigo, Michel — disse Elizabeth desligando o celular, sentindo-se bastante confusa.

Michel trocou de roupa e, com a ajuda de Elizabeth, que distraiu os enfermeiros de plantão, conseguiu chegar ao hall de entrada do Hospital e fugir.

Capítulo XXII
INGEL VAGA SEM RUMO PELA FLORESTA

Ingel caminhou e caminhou até onde pôde, totalmente sem rumo e sem esperança, até cansar. Desejava morrer. Pensamentos terríveis acompanharam a sua caminhada e coisas horrorosas passavam na sua cabeça. O que ele faria agora? Michel não estava mais lá. Ele se sentia perdido e completamente só. Não poderia mais voltar para aquela casa. Michel se fora. Então disse baixinho:

— Elizabeth deve estar me odiando!

Foi quando ouviu uma voz horrorosa que disse:

— E ela está!

Ingel gelou e voltou-se para ver quem lhe falara. No fundo sabia que era ela, Aquela-Mulher. Ingel a viu em meio à escuridão. Ela tinha uma pequena lamparina em sua mão direita.

— Ingel — disse ela —, você não tem outra chance ou mais nada a fazer senão me acompanhar. Elisabeth não quer mais você, depois do que aconteceu com Michel por sua culpa.

Ingel começou a chorar.

— Aqui, meu querido, você vai acabar sendo comido pelos lobos da floresta.

Nesse momento uivos muito próximos foram ouvidos por Ingel, que estremeceu.

— Michel está morto — disse ela.

Ingel sentiu uma pontada no peito e começou a soluçar.

"Tudo estava perdido", pensou Ingel. Michel não mais existia. Ele realmente estava morto. Aquela-Mulher continuou dizendo:

— Eu darei tudo a você, querido. Tudo o que você precisa e muito mais! Você será muito famoso e juntos faremos coisas incríveis.

Ingel não tinha nenhuma ponta de esperança ou qualquer alternativa e como que anestesiado a acompanhou, e algum tempo depois viu-se na estrada de onde se avistava aquele mausoléu aterrorizante. A casa fantasmagórica tinha uma imensa porta de madeira na entrada, pesada, velha e enegrecida pelo tempo. A porta abriu-se lentamente fazendo um barulho de dobradiça enferrujada. Ingel estava amortecido e de repente passou a tremer como vara verde. Viu um homem grande entortado como uma árvore velha, pálido feito um cadáver, com um olho pequeno e outro grande que lhe disse:

— Seja bem-vindo, Ingel. Seja bem-vinda, senhora!

— Escravo — disse ela —, prepare a cela, digo, o quarto de Ingel. Depois se retire da casa. Não quero ser incomodada por nada. Tenho muito a fazer.

— Sim, ama, com prazer — disse o homem estranho.

Ela riu escandalosamente:

— Hahahahahaha! Siga-me, Ingel!

Ingel seguiu-a e atravessou a imensa sala que separava o restante da casa da cozinha, onde ficava o caldeirão Daquela-Mulher. Pôde ver poucos detalhes, já que a sala estava imersa na escuridão quebrada apenas pela luz de três pequenas velas, uma segurada pelo homem estranho, outra sobre uma pequena mesa de canto que iluminava tenuemente uma parede enorme e aquela na mão Daquela-Mulher. Mesmo assim viu que tudo parecia muito velho e cheirava mal e enroscou-se em teias que pareciam recobrir tudo ao redor, enquanto caminhava ao som do ranger das tábuas do assoalho.

Ingel ficou intrigado com o grande número de fotos de políticos famosos que ela tinha penduradas em uma grande parede. Em algumas fotos, ela aparecia junto desses dirigentes rindo, gargalhando ao lado deles. Ingel os via em noticiários de TV aos quais Michel costumava assistir todos os dias, principalmente os noticiários de guerras. Mais uns passos à frente e chegou à cozinha, e aquela figura medonha que o olhava diretamente nos olhos se aproximou do caldeirão enorme que fervia sobre um fogo baixo e pegou uma espécie de colher de madeira bem grande. Começou a revolver o caldo dentro dele e disse:

— Você sabe por que está aqui, Ingel? Com certeza sabe. Crianças como você nascem em locais que eu chamo de incubadoras de líderes. Hihihihihi.

Ingel preferia não ter ouvido isso, mas diante de tudo estava concordando.

— Fico tão feliz — disse ela — que tenho vontade de chorar — e soltou outra rizada espalhafatosa. — Hahahahaha! Enfim venci — voltou a falar tentando parecer boa e calma. — Falam tantas coisas más a meu respeito, mas é tudo mentira! Você sabe, "Fake News"! — Ela fingiu enxugar uma lágrima em cada canto dos olhos. Nisso ingressou pela porta dos fundos, que estava aberta, o Lobo Alexei. Todo machucado, mancando, ele disse:

— Senhora, preciso falar-lhe.

Aquela-Mulher disse:

— Não quero ser importunada.

Mas Alexei insistiu dizendo que era urgente, então falou-lhe ao ouvido, em um canto da cozinha, e contou que não conseguira matar Moses e tudo o mais sobre a ida de Moses à casa da Fada da Floresta de Vimsi, momento em que Aquela-Mulher deu um grito de raiva e disse:

— Saia daqui, idiota inútil! Volte para a floresta ou acabo com você! E não me importune mais. Preciso me apressar!

Voltou-se para Ingel e disse:

— Querido, aqui temos um ritual: todos que aqui chegam, como boas-vindas, precisam provar do caldo do meu caldeirão. Ele é milagroso e é capaz de aliviar os sofrimentos mais atrozes, e faz esquecer tudo aquilo que nos preocupa e machuca. E você também deve prová-lo, pois só assim se tornará poderoso e crescerá audaz. Ingel sentiu-se ameaçado, mas não tinha como resistir. Perdera tudo o que amava e lembrou-se do que vira atrás da porta do porão. Sentiu que não havia mais razão na vida e que talvez aquele caldo aliviasse o seu sofrimento. Daria uma resposta a todos aqueles que fizeram da sua infância uma infância miserável. Lembrou-se do enigma proposto, que lhe daria a resposta a tudo aquilo, mas não tinha a menor ideia da resposta e disse então a Aquela-Mulher que estava preparado. Foi quando ela, usando uma concha, encheu um cálice de estanho com aquele líquido verde pútrido de cheiro nauseabundo.

Capítulo XXIII
FINALMENTE A LUTA ENTRE O BEM E O MAL

Michel e Elizabeth entraram rapidamente no carro que estava no estacionamento do Hospital. Michel disse:

— Elizabeth, rápido! Acelere!

Elizabeth acelerou o carro rumando para a saída do estacionamento e em poucos segundos estavam na rua. De repente ouviram uma voz que disse:

— Não podemos perder tempo!

Elizabeth e Michel olharam para trás e viram Moses sentado no banco traseiro. Elizabeth freou desesperadamente o carro e disse:

— Acho que vou desmaiar. Estou vendo e ouvindo coisas.

Michel há tempos desconfiava que Moses era um gato falante e agora tinha certeza.

— Moses, você é um gato falante! Eu sabia!

— Que história é essa? — disse Elizabeth. — Desde quando você entende dessas coisas?

— Essa é uma longa história — disse Michel.

— Não temos tempo agora. Precisamos salvar Ingel. Depois esclareceremos tudo — disse Moses. — Mas antes, Michel, você precisa saber o que aconteceu com você.

E contou tudo sobre a poção e o antídoto, falou da visão que a Fada teve em seu caldeirão e do risco que Ingel estava correndo.

Elizabeth estava perplexa, mas Moses não lhe deu tempo para perguntar e continuou dizendo:

— Dirija, Elizabeth! Michel, você sabe onde ele está.

— Ele está como refém Daquela-Mulher, Moses. Com certeza — disse Michel. — Vamos em direção à escola, Elizabeth.

Elizabeth estava completamente confusa e tentava compreender o que estava acontecendo e colaborar. Ingel estava em perigo e precisavam ajudá-lo, portanto deixou para depois as explicações. Rumaram desesperadamente em direção à escola quando Michel pediu a Elizabeth para tomar o atalho, e em poucos minutos estavam em frente da casa Daquela-Mulher. Elizabeth freou o carro, e Michel e Moses desceram apressadamente. Elizabeth fez o mesmo.

— Elizabeth, fique aqui. É muito perigoso — disse Michel.

— De maneira nenhuma, Michel. Estamos juntos nisso. Vou com você e não adianta argumentar. — Michel conhecia aquela determinação.

— Está bem, meu amor. Vamos juntos. Vamos entrar pela porta dos fundos. Tenha cuidado.

Ao pularem o muro da mansão fantasmagórica, ladearam a casa cuidadosamente Michel, Elizabeth e Moses. Ao chegarem ao jardim dos fundos, viram que a porta estava aberta e que tremulava uma luz no interior da casa. Correram em direção a ela. Ao entrarem pela porta, viram Ingel e Aquela-Mulher frente a frente e que Ingel possuía em suas mãos uma taça que levara a boca naquele exato momento. Foi quando Michel gritou:

— Ingel, não faça isso! Não beba da taça!

Ingel assustou-se com o grito de Michel e deixou cair a bebida, que encharcou a sua roupa.

— Michel, é você? Você não morreu!

— Não, Ingel. Eu estou vivo e vim aqui para te buscar.

— Você mentiu para mim — disse Ingel olhando para Aquela-Mulher.

Ela, ao ver Michel, Elizabeth e Moses, deu um grito horroroso e agarrou Ingel detendo-o, dizendo:

— Ninguém se mexa ou todos morrerão, sendo este fedelho o primeiro a morrer!

Todos ficaram paralisados.

— A minha poção ele não bebeu, mas ela está em sua roupa e aos poucos fará efeito. Vai penetrar os poros e ele será meu. Ninguém resiste ao meu feitiço. Hahahahaha! Tenho poder! — gritou desvairada, arregalando os olhos e a boca. — Ingel — disse Aquela-Mulher —, você quer voltar a viver com esses dois? Eles querem fazer de você um fantoche, impedindo você de ser um homem poderoso. Querem que você seja um bom menino, um careta. Hahahaha! Estúpidos! Você passou por tudo que passou e sofreu tudo que sofreu. Precisa se vingar! Nenhum dos que te fizeram sofrer merece perdão ou misericórdia. Eles destruíram a sua infância, fizeram de você uma criança infeliz. Eu me vinguei de todos que me machucaram e vou continuar me vingando. Não existe amor, Ingel. O que existe é poder, e isso eu posso te dar. Pense nos anos que você passou em orfanatos, abandonado, chorando pelos cantos e sendo maltratado por todos. A sua mãe esqueceu de você. Ela prefere a bebida a você, Ingel. Seu pai surrava a todos: sua mãe, seus irmãos e você.

Ingel estava confuso. Sua cabeça girava. A poção tinha entrado por seus poros e começara a fazer efeito. Aquelas lembranças vividas quando entrou pela porta do porão inundaram sua mente, mas começavam a esvanecer-se. Ele sentia dor e revolta, queria vingar-se, queria machucar quem o machucou.

— Ingel — disse Michel —, não ouça esta mulher. Ela está perturbada, não sabe amar e quer destruir a todos, inclusive você.

— Ingel, volte para nós — disse Elizabeth. — Nós te amamos e você vai superar tudo.

Aquela-Mulher gritou mais uma vez e disse:

— Basta, otários! Vou lançar o meu mais poderoso feitiço!

E começou a proferir as seguintes palavras: "Sit ex profundis omne malum huius spell, nemo potest cum fortitudine mea, Daemones me perdere omnia circa me" (Que venha das profundezas todo o mal desse feitiço, ninguém pode com a minha força, demônios me ajudem a destruir tudo à minha volta que seja contra mim). Enquanto ao seu redor e de Ingel surgiu, a partir do chão, um redemoinho, mais negro que a noite, que começou a envolver os dois.

— Ingel — disse Moses —, está na hora de responder ao enigma. O que é tão forte quanto a morte e que queima como fogo? O que vem primeiro? O que está por trás de tudo, inclusive de nós dois? O que será sempre eterno e vem antes e depois e o que nos liberta e salva?

— Eu não sei — disse Ingel. — Eu não sei.

— Pense, Ingel. Você sabe!

O redemoinho subia.

Então Michel disse a Ingel:

— Lembre-se do final das nossas orações. Só você pode responder, Ingel. Ninguém mais.

— Lembrei, Michel! Lembrei! Eu sei a resposta. Nós repetíamos todas as noites: é o amor! O AMOR é tão poderoso como a morte; o amor é sofredor, é benigno; o amor não é invejoso; não se porta com indecência, não busca os seus interesses, não se irrita, não suspeita mal; não folga com a injustiça, mas folga com a verdade; tudo sofre, tudo crê, tudo espera, tudo suporta. Agora eu entendo, Michel! São as palavras que repetíamos após as orações. Eu sei, Michel. O amor tudo perdoa. Você sempre me disse isso. Eu perdoo meus pais, eu perdoo minha família, eu perdoo todos os que me maltrataram nos anos passados nos orfanatos. Eu não quero vingança. Eu quero o perdão! O perdão é a mais linda forma de amor!

No mesmo instante, o redemoinho desapareceu e o ambiente iluminou-se. Aquela-Mulher perdera as forças. Ingel, ao responder ao enigma, encontrou-se, colocou para fora do seu porão tudo aquilo que o impedia de ser feliz e aceitar uma vida plena. Ingel corre para Michel e Elizabeth, que o abraçam fortemente. Aquela-Mulher os olha com todo o ódio do seu coração e os ameaça com seu bastão, gritando:

— Vou destruí-los!

Neste momento Michel disse:

— Margot.

E ela se deteve. Esse era o nome dela. Quando Aquela-Mulher ouviu seu nome, gritou alucinadamente dizendo:

— Maldito, cale-se!

Michel então disse:

— Elga e Hans. Você não os esqueceu.

— Não se atreva, desgraçado! — disse ela.

Assim Michel a havia derrotado anteriormente. Michel descobrira toda a história daquela mulher em jornais antigos por ele pesquisados. Michel evocou a lembrança do que provavelmente era a única lembrança de um amor sentido por ela. Eram seus pais, Elga e Hans, e os seus nomes a remetiam ao passado, à sua infância ao lado dos pais.

— Eles me abandonaram! — ela gritou.

— Não — disse Michel —, eles foram mortos no bombardeio em que você sobreviveu. Eles amavam você e morreram tentando te proteger.

Michel vira uma foto do momento em que ela foi retirada dos escombros da sua casa e seus pais estavam sobre ela. Protegeram-na com seus corpos e por isso ela sobreviveu. A verdade atingiu-a em cheio e ela a negava. Nisso Aquela-Mulher dá um grito e se lança janela afora. Nunca suportou a verdade. Sentir-se abandonada era o que lhe dava forças para buscar uma vingança. Ela corre em direção à floresta gritando: — Eu voltarei! Eu me vingarei! Eu voltarei.

Os três, Michel, Elizabeth e Ingel, ainda estavam abraçados. Sentiam-se felizes. Estavam salvos. Foi quando Michel pegou Moses em seu colo agradecendo-lhe. Ingel e Elizabeth abraçaram Moses e lhe agradeceram. Moses apenas pronunciou alguns de seus sons esquisitos e todos riram aliviados.

No caminho para casa, Michel contou tudo a Elizabeth, que apesar de chocada por todos os acontecimentos disse entender e perdoar Michel e Ingel por terem mantido todo o segredo, mas disse que Michel e Ingel deveriam lavar a louça do jantar por uma semana, como castigo. Michel disse:

— Eu enxugo.

Ingel disse:

— Não, eu enxugo.

Eles riram e sentiam naquele momento todo o amor que os inundava.

Cultive amor e bondade em uma criança para semear as sementes da compaixão, e só então você construirá uma grande civilização, uma grande nação. (Autor desconhecido). Mas esta é uma outra história.

CONTINUA